APPEL

AU PEUPLE GAULOIS,

par un Barde de la secte des Druides,

SOUS LE RÈGNE DE CLOVIS,

FONDATEUR DE LA MONARCHIE FRANÇAISE.

Se vend au profit des Journaux condamnés.

Darodes Lilebonne

PARIS.

Chez Dentu, libraire, Galerie d'Orléans, au Palais Royal ;
Au Cabinet littéraire de M. Martin, rue de Richelieu, n. 63 ;
Au Cabinet littéraire, place de la Bourse, n. 9 ;
Au Cabinet littéraire de M. Astier, rue Saint-Louis, n. 57.

1832.

APPEL

AU PEUPLE GAULOIS,

par un Barde de la secte des Druides,

SOUS LE RÈGNE DE CLOVIS,

FONDATEUR DE LA MONARCHIE FRANÇAISE.

Se vend au profit des Journaux condamnés.

PARIS.

Chez Dentu, libraire, Galerie d'Orléans, au Palais Royal ;
Au Cabinet littéraire de M. Martin, rue de Richelieu, n. 63 ;
Au Cabinet littéraire, place de la Bourse, n. 9 ;
Au Cabinet littéraire de M. Astier, rue Saint-Louis, n. 57.

1832.

PARIS. — IMPRIMERIE DE BÉTHUNE,
RUE PALATINE, N. 5.

APPEL
AU PEUPLE GAULOIS,

Par un Barde de la secte des Druides,

SOUS LE RÈGNE DE CLOVIS,

FONDATEUR DE LA MONARCHIE FRANÇAISE.

———◆◗◉◖◆———

PEUPLE dont la grandeur s'envole,
Jusques à quand dormiras-tu?
Quand ton âme vaine et frivole
Reprendra-t-elle sa vertu?
Pour étancher la soif atroce
De ses brigands spoliateurs,
Clovis, poussant un cri féroce,
Accourt niveler tes hauteurs.

Au sein des lugubres tempêtes,
Tes enfans, ô peuple gaulois,
Dans le corps de l'hydre aux cent têtes
Vont-ils disparaître à la fois!
Sous l'immense nuit qui te couvre,
Quels partis vont s'anéantir?
Dans ce vaste abyme qui s'ouvre,
Est-ce toi qu'on veut engloutir?

Ces héros chers à la patrie,
Est-ce pour toi qu'ils ont vaincu?
Grand Chyndonax, ombre chérie,
Dans quel siècle avez-vous vécu!

Ah ! les preux chers au druidisme ,
Trahis par la duplicité,
Sont les martyrs de l'égoïsme ,
Et non ceux de la liberté.

Est-ce à toi que cette déesse
Prodigue ses soins les plus doux ,
Et sa faveur enchanteresse
Dont tu t'es montré si jaloux ?
Est-ce toi qui choisis tes maitres ,
Lourd fardeau qui va t'accabler ?
Est-ce toi qui nommas les traitres
Dont la main va tout ébranler ?

On se sert de ton nom suprême
Pour mettre au jour d'injustes lois ;
T'avilir, t'enchaîner toi-même,
Proscrire , anéantir tes droits.
Semblable, sur un vaste abyme ,
Au mont qu'insultent les torrens ,
Que fait cette garde sublime ?
Elle protége ses tyrans.

Lève-toi, peuple magnanime;
De servir tu dois être las.
Est-ce à toi d'obéir au crime?
Es-tu libre, ou ne l'es-tu pas ?
Si tu l'es du poids de ta gloire,
Ecrase ces hommes pervers;
Et montre seul par ta victoire
Ce que tu peux à l'univers.

Ta voix est celle du grand être,
Arbitre souverain des cœurs :
Il est sage, heureux; veux-tu l'être?
Unis les vaincus aux vainqueurs.

Toi seul possèdes la justice;
Un grand peuple ne peut errer.
Les crimes font notre supplice,
Lève-toi pour les dévorer.

Ton bras est le pivot du trône,
Son pouvoir est ta volonté.
Sans elle, à jamais la couronne
S'éclipse avec la vérité.
Le ministre est sans loi ni crainte;
Et les plaintives nations,
Dans un ténébreux labyrinthe
Errent au gré des factions.

En vain pour garder l'équilibre,
Avec ton or, peuple français,
Il veut bâillonner l'homme libre,
Réprouvant ses honteux succès,
A son défaut, pour notre idole,
Les pierres, les morts vont parler,
Et pour le salut de la Gaule,
Les cieux sont prêts à s'ébranler.

Ce lion a peur de son ombre.
Ivre du sang des malheureux,
Il croit ouïr dans la nuit sombre
D'un spectre errant les cris affreux.
Et riche du trésor de haine,
Que lui lègue la nation,
Il traîne au cou la forte chaîne
Dont l'a flétri l'opinion.

Dans sa chute est notre espérance;
Qu'il tombe et pour nous et pour lui;
Avec sa maligne influence,
Quel astre se lève aujourd'hui?

Que nous a vomi la tempête
Dans son courroux dévastateur ?
L'esclavage; un monstre sans tête,
De la France organe imposteur.

Périsse le conseil inique
D'un chef qui veut nous dominer.
· Louis attaque un ordre antique ;
Cet ordre va l'exterminer.
France, il remet son diadème
Au seul prince digne de nous ;
Et voici le code suprême
Que Bélénus a fait pour vous (1).

Grâce à la sagesse infinie,
Dans les membres du corps humain,
Tout est en paix, en harmonie,
Et le moi seul est souverain.
La raison voit, pèse, discute ;
La volonté parle au pouvoir.
L'une approuve, l'autre exécute
L'arrêt sublime du devoir.

Qu'un roi représente la tête,
La nation la volonté ;
Qu'elle seule approuve ou rejette
La sagesse ou l'iniquité.
Du cœur et de l'être qui pense
Naît ce lévier qui fait surgir :
Pour eux tout'p aide en leur présence ;
Sans eux rien ne saurait agir.

Dès que la fière intelligence
Plaît à l'immense volonté ;
Elle marche avec assurance
Dans le sein de la vérité.

Ce qu'elle exige est légitime ;
De raison vulgaire et sans poids
Elle devient raison sublime,
Et rien ne résiste à sa voix.

Alors tout est en harmonie ;
Le peuple du chef est l'appui.
Plus d'erreurs, la lutte est finie ;
L'ordre règne, tout vit en lui.
La France est l'Etat, corps suprême
De mille préjugés vainqueur,
Dont la loi n'est en elle-même
Qu'un acte émané de son cœur.

Que l'âme de ce corps auguste
Prenne pour base la vertu ;
Souvent éloquent, toujours juste,
Il ne saurait être abattu.
Guidé par l'esprit d'Esus même (2),
Dont son esprit est pénétré,
Il doit à l'unité suprème
Son trône immobile et sacré.

Si jadis la Gaule guerrière,
Dont une hydre buvait le sang ,
S'ouvrant une immense carrière,
Sut se placer au premier rang ;
Si son peuple à la voix du crime
Echappé du gouffre béant,
Sortant de son repos sublime
A combattu comme un géant.

Quel pouvoir n'aura point sa flamme,
Lorsqu'animé par un seul vœu ,
Un seul principe, une seule âme
Ebranleront ce corps de feu.

Exterminés par son courage,
Les partis, dans le noir séjour,
Disparaîtront comme un nuage
Dissipé par les feux du jour.

Peuple guerrier, sous tes auspices,
Les peuples reprendront leurs droits ;
Sur le chaos des injustices
Pèsera le glaive des lois.
Les cieux, la poussière des tombes
T'apportant le secours promis,
Dans la nuit de tes catacombes
Engloutiront tes ennemis.

Le tonnerre de leur puissance
Passera comme un tourbillon ;
Tout fléchira sous ta vaillance
Et l'éclat de ton pavillon.
Devant ta sublime colère
Du nord tombera la grandeur,
Et du fastueux insulaire
S'évanouira la splendeur.

A tes destins, l'Europe entière
Abjurant des veux criminels,
Viendra, baissant sa tête altière,
S'unir par des nœuds solennels.
Des guerres par l'enfer vomies
Périra le germe naissant,
Et les discordes ennemies
Expireront en mugissant.

A ta voix le Dieu des batailles
Ceint de rayons étincelans,
Sur le gouffre des funérailles
Brisera ses foudres brûlans ;

L: de nos cités alarmées
Que l'on voudrait charger de fers,
Sortiront des feux des armées
Pour le repos de l'Univers.

(1) Bélénus était l'Apollon des Gaulois.
(2) Esus était leur Dieu suprême.

DARODES LILEBONNE.

OPINION DE L'AUTEUR.

Telle est l'opinion de ce Barde ; telle est l'opinion de Noctar et de toute la secte des Druides soulevés contre Clovis. Tandis que ce prince s'apprête sur les bords de la Meuse à combattre les rois de la Germanie, ligués contre lui, les prêtres de Teutatès insurgent la cité de Lutèce et font un appel aux peuples des Gaules. Après avoir convoqué une assemblée nocturne, ils y déposent le roi et font jurer à tous les assistans, y compris les guerriers, mort à la tyrannie, obéissance aux Dieux. Le but de ce grand-prêtre est de proclamer la liberté sous les auspices d'un gouvernement théocratique dont il serait le chef. Velléda pense de même, avec cette différence, qu'en qualité de fille de l'archi-druide Chyndonax, elle veut gouverner conjointement avec Clovis, que son intention est de prendre pour époux, après avoir fait répudier Clotilde.

Cette princesse, instruite par deux sujets fidèles du sort qui la menace, s'échappe à la faveur des ombres de la nuit, avec son fils Clodomir, l'héritier du trône, se jette avec sa faible suite, dans un esquif, quitte Lutèce, la France, et se réfugie à la cour d'Albion. La description de cette révolution indiquée par l'appel au peuple se trouve dans le dix-huitième chant de la Clovisiade. Ceux qui veulent se la procurer n'ont qu'à la demander à l'imprimerie de M. Béthune, chez M. Hyvert, quai des Augustins; chez M. Brianté, passage Choiseul, etc. etc., et chez les marchands de nouveautés.

Cette livraison, qui se vend trois fr., et moitié moins pour ceux qui souscrivent à l'ouvrage complet, renferme le 16e, le 17 et le 18e chant. Dans le 16e est le palais du génie du mal invoqué par Satan et suivi d'un conciliabule infernal; dans le 17e à Reims, en présence de Clovis, on fait l'apologie des quatre religions de cette époque, et dans le 18e chant les prêtres gaulois opèrent une révolution et instituent un gouvernement théocratique.

Si les connaisseurs ne jugent point cet appel indigne du poëme dont il est une extension, je l'y insérerai dans une autre édition; sinon je le supprimerai. Je ne l'ai rendu public que pour donner une idée de mon ouvrage à ceux qui ne le connaissent pas. Si par hasard on m'en faisait un crime et on prétendait, à l'aide de cette pièce, attaquer mes sentimens patriotiques, je répondrai : je n'approuve point la rebellon de Noctar contre son souverain légitime. Je pense, comme la *Gazette de France*, que la révolte n'est jamais permise; je demande, comme elle et tous les journaux républicains et royalistes, l'émancipation des communes, l'admission de tous les Français aux droits politiques, la liberté d'enseignement, l'administration gratuite, la pairie viagère, qu'il n'y ait pas d'autre noblesse que celle des talens et des vertus; que le clergé ne s'immisce point dans les affaires de l'état, et qu'il se renferme, comme les prêtres et les apôtres de la primitive église, dans le vaste cercle de ses attributions; et enfin toutes les améliorations qu'on peut attendre du progrès des lumières.

Honneur, mille fois honneur à M. de Genoude et à ses estimables collaborateurs, d'avoir les premiers fait valoir un système basé sur l'expérience des siècles, et qui ne tend

à rien moins qu'à clorre l'abîme des révolutions, en assu-
rant le bonheur des peuples; honneur à *la Quotidienne*,
au *Courrier de l'Europe*, et à tous les amis de l'ordre
qui, par des efforts constans et simultanés, appellent sur
notre belle patrie une ère nouvelle de prospérité; honneur
aux gazettes des provinces, et à ces écrivains royalistes
qui, sur la base immuable d'une religion sainte, s'ef-
forcent d'élever un ordre de choses inexpugnable à l'esprit de parti, favorable aux libertés et à la splendeur de
la France, stable comme la vérité, beau comme la gloire,
aimable comme la sagesse, et qui reflétant sa lumière sur
tous les peuples du monde, peut faire de tous les hommes
une seule famille adorant un seul Dieu, et gouvernée par
les mêmes lois, celles de la justice et de la raison.

Une telle opinion ne peut manquer de les réunir toutes en
une seule, celle des hommes sages qui, avec les libertés in-
dividuelles, veulent avant tout le bien public; elle ne peut
manquer de rallier, autour de sa bannière, les républicains et les ministériels : car que demandent-ils les uns
et les autres; que veulent-ils? Que veut le Gouvernement lui-même? L'ordre, la gloire et le bonheur de la nation. Ils tendent donc tous au même but, et ne diffèrent
des royalistes que par le point de départ. Atteindront-ils
tous le même résultat; nous ne le croyons pas. De même
qu'en morale, une seule route, celle de la vertu, conduit
au souverain bien, et toutes les autres au souverain mal;
de même, en politique, un seul système doit avoir raison
contre tous les autres, et peut effectuer ce que ceux-ci ne
font qu'invoquer; fondé sur cet axiome : on ne peut dé-
duire une même conséquence de deux principes différens.
Parmi ces opinions, il n'y en a donc qu'une qui ait les condi-
tions requises pour rendre les peuples heureux? Quelle est-
elle et qui sera juge dans cette matière? Sera-ce l'expé-

rience? A Dieu ne plaise. Les leçons qu'elle donne sont trop
terribles? Qui prononcera donc dans cette hypothèse? à
quel tribunal aurons-nous recours? A celui de la nation, à
la sagesse du plus grand nombre invoquée dans une assemblée générale; à la sagesse des pairs et des députés élus
par la grande majorité des contribuables; à la sagesse des
députés tenant leurs pouvoirs immédiats des assemblées provinciales; celles-ci des assemblées départementales; les départementales des cantonales, et ces dernières
des communes. De cette manière le canton serait le pro-
duit des intérêts des communes; le département, celui des
intérêts du canton; la province, celui des intérêts dépar-
tementaux; et enfin l'assemblée générale ou gouverne-
mentale serait l'aglomération des intérêts provinciaux; ou
la somme totale des intérêts individuels, fondue dans l'in-
térêt général selon la diversité des temps, des coutumes et
des localités. Ainsi la famille dont se constitue la commune,
garantie par le lien sacré du mariage et fondée sur la pro-
priété héréditaire, serait la base primitive du gouvernement français, et par extension de la grande famille du
genre humain. En attendant cette fusion des partis en un
seul, qu'attend avec anxiété notre commune patrie, je
soumets à mes lecteurs et au ministère lui-même, cet argument, fondé sur la Charte, QUI DÉCLARE LES MINISTRES
RESPONSABLES, LE ROI INVIOLABLE ET LE CONCOURS DES TROIS
POUVOIRS NÉCESSAIRE A LA FORMATION DE LA LOI. D'après cet ar-
ticle, les ministres ayant été jugés et condamnés comme
responsables, le roi, comme inviolable, ne pouvait être
déchu; en second lieu, les deux pouvoirs ne pouvaient
renverser le troisième sans son consentement : aussi ne
l'ont-ils pas fait; Charles X ne s'étant démis de son auto-
rité qu'en faveur de son fils, et celui-ci en faveur du duc
de Bordeaux. Le troisième pouvoir existe donc, de droit,

dans la personne de Henri V. Donc il est, d'après la Charte, le véritable roi de France, et la royauté de Louis-Philippe n'est qu'une régence, ou si l'on veut une royauté précaire. Ce droit de Henri V est d'autant plus fondé qu'il a été sanctionné par la Chambre, lorsqu'elle a ordonné le dépôt dans ses archives de la lettre d'abdication. Cette phrase banale : « Il a attenté aux droits que Louis-Philippe tient du vœu de la nation » est donc vide de sens, dès qu'on en fait l'application au détriment de Henri V : réfute qui pourra un tel argument.